皇后美智子さまのうた

安野光雅

朝日文庫

本書は二〇一四年六月に小社より刊行されたものです。

少女時代の美智子さま

皇后美智子さまのうた　目次

まえがき　──自然

皇居の中には自然がある。とわたしもそう思っていた。自然という言葉には人間との関わりがない、という意味がある。もし人間が何もしないでいると皇居はただの草むらになるか、ジャングルのようになってしまうかもしれない。だから、人間と共存できる自然が残っていくように、人間が手を添えなければならないことがある。そのとき、人間も自然なのだと思えてくる。

わたしは皇居の養蚕のビデオを見た。そして有名な小石丸という種類の蚕を改めて知った。わたしの田舎には、むかし絹布工場もあって、絹布の成り立ちには詳しいと自負していたが、小石丸の名は知らなかった。これは蚕の品種のひとつで、品質は非常によいが、経済性に問題があって、これを飼う人は、ほとんどいなくなっていたが、皇后美智子さまの「もう暫く古いものを残しておきたいので」という切なる意向によって命脈を保ち、はからずも正倉院御物の復元の折に、なくてはならぬ小石丸が皇居にあることが知られ、俄然注目を浴びたことがある。

このように、自然は人間の手によって守られてきたともいえる。

また、はずかしいことに、天蚕を飼っているところは数少なくなっている、と想像で書いたことがあるが、なんと、皇居の中でクヌギを育て、併せて天蚕も飼育されていることを知った。

「生き物」はひとたび絶滅すると、もう人間が作り出すことはできない。植物もおなじである。

皇居の中には自然がある。しかしこのような状態で守られているのだった。

平成26年春

安野光雅

皇后美智子さまのうた

文・絵　安野光雅

歌人のこと

湖……昭和47年

果の地の白砂のさ中空の青落ちしがに光る湖ありき

アフガニスタン　バンディアミール湖

アフガニスタンに空の青が落ちてきたのではないかとおもうほどに光る湖があった、というのである。「落ちてきたかのように」と見る感性は歌人の言葉だとおもう。

朝日新聞平成25年（2013）10月31日付の論壇時評に作家、高橋源一郎が皇后美智子さまの講演でのお言葉にふれて、

「なにかが強く揺り動かされるのを感じた」

と書いた文章を、感銘深く読んだ。皇后のお言葉が、高橋源一郎の琴線に触れ

たのであろう。

わたしはその時評から「五日市憲法」というものがあり、それが発見されたこと、明治の人びとの間で、憲法を手にしようという理想が澎湃（ほうはい）としてわき起こっていたことを知った。

皇后美智子さまはこの高橋源一郎の文章をお読みになっただろうか、このようなすがすがしい反応があることを知ってもらいたいとおもう。

編集者で、『一〇〇〇年前の女の子』（講談社）を書いた船曳由美も、皇后のお歌は「素晴らしい文学です」とひとことといった。

三十一音しかない言葉が、空の青を落とすまでにひろがり、わたしたちの心に残っていくのはやはり文学のもつ力であろう。


知らずしてわれも撃ちしや春闌（た）くるバーミアンの野にみ仏在（ま）さず

野……平成13年

前にも顔を削（そ）がれた仏像の御歌（後掲）を見たことがある。今は、タリバーンの軍によって仏像が破壊され、そのお姿もない。

わたしも写真その他で、顔を撃たれた御仏を見たことがある。戦う相手が大切におもうらしい文化の核心に弾を撃ち込んでも、撃つ方は痛みを感じないというところが、相手の国の旗を焼くなどの意思表示と似ているような気がする。

一説には偶像崇拝を禁じている宗教を持つものが、仏像を見た場合の反応だとも聞くが、たしかなことはわからない。

文化の違う所に立つ自分自身をかえりみて、何もできなかった自分もまた、「知らずして」（相対的に）弾を撃つ立場にいたのではないか、と哀しまれるおもいは、痛切である。

バーミアンの月ほのあかく石仏(せきぶつ)は御貌(みかほ)削(そ)がれて立ち給ひけり

アフガニスタンの旅……昭和46年

中村哲は、はじめパキスタンで主に活動をしていたが、政府の圧力もあってアフガニスタンに活動拠点を移した。そこには飲める水がなかった。病気を治すためには、井戸を掘ることから始めなければならぬと決意し、医者なのに土木事業を始めた中村哲は、わたしの目には聖者と映る。

今ではたくさんの井戸からきれいな水が供給されるようになった。

彼を慕ってアフガニスタンまで働きに来た伊藤和也が何者かに殺された。しかし、中村哲は「人は愛するに足る」と信じ、使命感をもってアフガニスタンにとどまった。彼は医師で、ハンセン病治療を主にしている。イスラム圏では女性の触診はならず、顔を見ることもできぬから問診だけだという（『人は愛するに足り、真心は信ずるに足る――アフガンとの約束』中村哲・澤地久枝〈聞き手〉、岩波書店、２０１０年）。

サクラ

ハンセン病のこと

皇后美智子さまにハンセン病療養所を訪問したときの歌がある。

多磨全生園を訪ふ……平成3年

めしひつつ住む人多きこの園に風運びこよ木の香花の香(か)

南静園に入所者を訪ふ……平成16年

時じくのゆうなの蕾活(い)けられて南静園の昼の穏(おだ)しさ

歌会始御題　坂……昭和51年

いたみつつなほ優しくも人ら住むゆうな咲く島の坂のぼりゆく

昭和五十年沖縄愛楽園御訪問

美智子さまが最初に療養所を訪ねられたのは、昭和43年、奄美大島の奄美和光園。これまで全国に13ある国立療養所のうち既に11カ所と日本では唯一の私立療養所、静岡県の神山復生病院を訪問されている。そのほかでも、香川県の大島青松園のように、現地のご訪問はかなわなかったが、両陛下のご訪問に合わせて沖の孤島から高松に来て交流されたこともあったようだ。

ハンセン病といえば、精神科医で作家の神谷(かみや)美恵子のことをおもいだす。

わたしが8歳のころ、大阪が室戸台風にやられ、父が大阪の姉の許に衣料品などを送っていた。そのころはまだハンセン病の患者は、四天王寺の境内や町の中に住んで、銭湯に行ったり、(父と親しかった喜多さんという奈良県の橿原(かしはら)の薬屋さんがいうには)干し柿を作るために柿の皮をむくなどして働いていた。「人は干し柿を買ったが、ハンセン病はそんなことで伝染するものではないらしい」と喜多さんが話していた。

ちょうどそのころ、神谷美恵子は叔父の療養所施設の訪問に同行し、多磨全生園に行く機会があって、はじめてハンセン病というものがこの世にあることを知り、強い衝撃を受け、彼女はその生涯をハンセン病患者のために尽くそうと心に誓ったという。

彼女の学識、環境からして進路はいくらでもあったのに、彼女は一種の使命感をすてることはできなかった。『生きがいについて』（みすず書房）はいまも読みつがれている。

しかし彼女は、「らい予防法」に反対しなかったことを理由に、鋭いバッシングを受けるときがくる。

遺伝でもないし伝染力も弱いことがわかったとき、理不尽な目にあった患者の立場からすれば「らい予防法」（隔離政策、一口に言うと、患者を囲い込んでその病気が拡散しないようにしようとした）に反対しなかった人はみんな、ハンセン病に理解を持たぬ人たち、と見えたのかもしれない。そして最も身近な人に矛先が向いたのだろう。

神谷美恵子が、抱いた使命感に照らし、バッシングの相手であったかどうか冷静に考えてみてもらいたい。彼女に悪意があったとは到底かんがえられない。

神谷美恵子というより、当時の世間一般のハンセン病に対する誤解もしくは、無関心のほうが問題で、あわれ世間一般はハンセン病のいわれなき不幸に気がつくのが遅かったのだ。

わたし自身も彼女ほどハンセン病に関心をもったことがあったかと自問する。

ラベンダー

マスコミ一般も、裁判所の判決や、政府の謝罪を記事にしたことはあっても、ハンセン病患者を隔離する政策についての批判的論評が、患者団体の訴えより前にあったかどうか、わたしは知らない。

　またプロミンという治療の特効薬がアメリカで劇的に開発され、日本には日米戦争の終わった昭和22年ごろに輸入された。その特効のためもあって、ハンセン病を早期に発見すれば、後遺症も残らないことになった。今は、日本のハンセン病の新規患者はほぼなくなった。

　村松武司というハンセン病に強い関心を持ち、草津の療養所に通って詩を教えていた友人がいた。『海のタリョン』という彼の遺稿集が皓星社から出された。のちに皓星社から出た『ハンセン病文学全集』（編集委員・加賀乙彦、鶴見俊輔、大岡信、大谷藤郎。編集を担当した能登恵美子は亡くなった。この人もバッシングを受けた）の装丁にわたしはかかわっているのに、ハンセン病治療の特効薬プロミンについて知ることが遅かった。

　その後、「らい予防法」の不当性が問われ、平成13年に憲法違反の判決がくだり、政府及び当事者はみんな姿勢を正して陳謝し、賠償金を支払うまでになった。

いまおもうと、もともとまちがいの上に組み立てられた法律だった。

しかし道は遠い。判決が出ても、一般の人にハンセン病の正しい知識が浸透するまでには時間がかかる。

ハンセン病に感染し、不幸な人生を送らねばならなかった方々の上に、これから明るい時代の来ることを心から祈る。

ついでにいうが、最近、岩波文庫から明石海人(あかしかいじん)の短歌集が出版されている。感動的な短歌集である。彼はハンセン病のために視力を失った。

先に書いた神谷美恵子は、皇后美智子さまの相談相手でもあった。

ハンセン病についてくどくどと書いたのは、「ハンセン病の患者と握手しながら懇談された、なんとやさしい皇后なのだろう」と友人が感想をもらしたからだ。

われわれの皇后ほど、哀しみのわかる人はあるまい、療養者の変形の進んだ手にご自身の手を添えてその哀しみをともにしようとされたのだ。

それは、ただやさしいという言葉では言い表せまい、演技ではできない。人気とか、利益などのような不純な気持ちから手を添えることはできまい。

わたしは、過去に迷惑をおかけした日本人に代わって詫びたいほどの心で握手されたのではないかとおもう。

スイスのバーゼルで行われた国際児童図書評議会（IBBY）に出席されたとき、諸外国の編集者たちが口をそろえて、

「日本にはなんとすてきな皇后さまがいらっしゃるのだろう」

といったという。わたしたちは、世界に誇る皇后を持っているのだ。

ウメ

いいおばあちゃんのこと

ここでは皇后美智子さまのことばかりを書いた。それは両陛下二人で一つの世界のことを書いていると受けとってもらいたい。これはわたしだけの感想ではなく、宮内庁の人びとのご感想でもある。その一端を書いておきたい。

リンネ生誕三百周年……平成19年

自ら（みづか）も学究（がくきう）にまして来給へりリンネを祝ふウプサラの地に

両陛下はこの式典に参加され、スウェーデンのウプサラとロンドンを訪問された。

わたしは、そのとき、天皇がロンドンのリンネ協会で基調講演をなさった折の抜き刷りを拝読したことがある。陛下は、あまり知られていないが、科学者である。このことについては、まだ元気だったころの動物行動学者、日高敏隆と対談したことがある（『天皇陛下　科学を語る』朝日新聞出版）。

話は戻る。握手といえば、わたしも被災地で皇后さまが差し出された手を受けとめておられるところをテレビで見た。

美智子さまとわれわれとは、1対1億の関係にある。テレビであのような場面を見ると、だれもが「握手をしてもらえるのか」と早合点し、これが前例になると、悪いことではないとしても大変なご迷惑をおかけすることになるな、とおもった。

被災地の方も気の毒だが、ハンセン病の場合と同一には語れまい。

また、別の場所で、皇后を敬愛する気持ちがおもいあまったのだろう。「いいおばあちゃんになってください」といった人がある。

わたしの友達が家に帰ると、すぐに孫がとんできて「馬になれ」という、おじいちゃんは喜んで馬になるが、すぐに疲れて、へとへとになっても孫は許してくれない。それが俗にいう「いいおじいちゃん」なのだ。

先ほどの人が、皇后さまを取り囲む人たちにむかって、「皇后さまが、いいおばあちゃんになれるように、配慮してください」というのならいいが、皇后さまに「いいおばあちゃんになってください」といってみても、皇后にとっての孫は、早くもひきはなされ、いいおばあちゃんになりたくても、なれない環境におかれているのではないか、と愚考する。

できるものなら馬にでもなりたい、とおもわれるのではないか、家族だけで他に見ている人がいなければ、われわれと同じ庶民に帰られるときもあろうかと、また愚考する。わたしは「馬になれるような」ひとときが、一刻でも多くなることをねがう。

浩宮誕生……昭和35年

含む乳の真白きにごり溢れいづ子の紅の唇生きて

礼宮誕生……昭和40年

生れしより三日を過ぐししみどり児に瑞みづとして添ひきたるもの

ツクシ

紀宮誕生……昭和44年

そのあした白樺の若芽黄緑の透くがに思ひ見つめてありき

凩……平成13年

いとしくも母となる身の籠れるを初凩のゆふべは思ふ

東宮妃の出産間近く

月の夜……平成18年

初にして身ごもるごとき面輪にて胎動を云ふ月の窓辺に

注・秋篠宮妃殿下が皇后さまに胎動のようすを話された場面

紀宮……平成17年

母吾を遠くに呼びて走り来し汝を抱きたるかの日恋ひしき

三十数年前の4月、太陽の光が白樺の葉をとおしてくる日にうまれ、やがて遠くから母の名を呼んで走ってくるまでに成長したわが子を抱きあげたこともあったが、平成17年11月、その紀宮は黒田慶樹と結婚して嫁いでいった。
同じような経験がわたしにもあって、この歌を読んでいると涙が出そうになる。
厳しい制約のなかで、せいいっぱいのおばあちゃんになっておられるのだ。

お母上のこと

母の歌もある、ただしこの場合は、実母をあとにして嫁いでいった自分との関係である。

先日、美智子さまのご成婚の記録映画をテレビで見た。そのなかに家族に見送られて生家を出ていかれる美智子妃の姿があった。その母を詠んだ歌。

幼き日……昭和51年

うつし絵の時は春かも幼我（をさな）を抱（いだ）くたらちねの母若かりし

歌会始御題　母……昭和53年

子に告げぬ哀（かな）しみもあらむを柞葉（ははそは）の母清（すが）やかに老（お）い給ひけり

注・「柞葉の」は母にかかる枕詞

ヒガンバナ

四照花……昭和63年

四照花（やまぼうし）の一木覆（ひときおほ）ひて白き花咲き満ちしとき母逝き給ふ

母……平成3年

この年も母逝（ゆ）きし月めぐり来て四照花（やまぼうし）咲く母まさぬ世に

彼岸花……平成8年

彼岸花咲ける間（あはひ）の道をゆく行（ゆ）き極（きは）まれば母に会ふらし

皇后美智子さまの『橋をかける』（すえもりブックス／文春文庫）という本に書かれたことは、インドでの講演のための草稿だったが、インドの核実験のために直接訪問は中止され、NHKが録画したビデオ画像の講演に代えられた。はじめに書いた高橋源一郎の文章からの引用は、この『橋をかける』に対する言葉でもある。

わたしは、その本の装丁のために、麦畑を風が渡っていくつもりの絵を描いたが、あの講演のときには胸に麦の穂のブローチをつけておられ、それは母からの記念の贈り物だったのだと後で聞いた。

風ぐるま……昭和62年

三月（さんぐわつ）の風吹き来たり美しく廻れ（まはれ）風（かざ）ぐるま遠き日のごと

遠い昔のことがもどってくる。その意味で、この歌は、年をとったわたしのこのごろの、回想に似て身につまされる。

柊……昭和55年

柊（ひひらぎ）の老いし一木（ひとき）は刺（とげ）のなき全縁（ぜんえん）の葉となりたるあはれ

この全縁は、葉のふちどりに刺がなくなっているという意味だろう。人間はそうだとおもっていたが植物も老いると丸くなるのか。

わたしの子どものころは戦争の時代だった。今の人たちは、映画の戦争を見るだろうが、映画の戦争は実像とはひどくちがう。凄惨な場面でさえ、真似したくなるようにできているが、事実はそんなものではない。

高峰秀子主演の映画「馬」は、軍馬を育てる少女と馬との物語だった。わたしたちも「軍馬になって行く日には、みんなでバンザイしてやるぞ」と歌った。馬の親子はみっともないほど仲がいいことを、わたしはブルガリアの田舎でひらかれていた馬市で見た。あれを見れば人間も「母馬のようになりたい」とおもうだろう。仔馬は母馬が前に進めないほどにじゃれついて離れないのである。

それを引きはなされて馬は戦地へでていった。

いくさ馬に育つ仔馬の歌ありて幼日(をさなび)は国戦ひてありぬ

仔馬……昭和50年

同窓会の折に「映画をもういちど見るように、全く同じ人生をくりかえすとしたら、やってみるか。その映画の終わりは今と同じ時点となるが」というと、あの初恋の若き日も含まれているのだからよさそうなものだ、と誰でもおもいやすいが、友達はみんな、

「もう嫌だ、なにしろあの戦争の時代をもう一度くりかえさねばならぬのだか

ら……」

という。

今の若い人たちとは「戦争」というものがあったところが違う。

桐の花……平成4年

やがて国敗るるを知らず疎開地に桐の筒花ひろひゐし日よ

桑の実……昭和55年

くろく熟れし桑の実われの手に置きて疎開の日日を君は語らす

常磐松の御所……昭和34年

てのひらに君のせましし桑の実のその一粒に重みのありて

陛下は小金井に一時住んでおられたと聞いている。小金井公園のあたりだったら、今のわたしの家に近い。

昔の話になると「鉄の兜の弾のあと、自慢じゃないが見せたいな」などと歌った人は、ほとんどなくなって、今は疎開を語る人が多くなった。やがてそういう人たちも全縁の柊の葉のようになり、歴史は刻々と過去にくみこまれていく。

そうおもうと、桑の実の重さは、物理的な重量というより、歴史の重さとおもえてくる。

この桑の実の歌については、ご成婚25周年の記者会見の折、25年のご生活で、とくに印象に残っていることは、と聞かれて皇后さまは、

「御所に上がってすぐのころ、まだ常磐松のころ、コジュケイの鳴いている朝の庭で、アスナロ、ヒノキ、サワラなど、木曽の五木のことを教えて頂いたり、ヤマグワの実を取って掌にのせて頂いたことなど、よく思い出します」

と答えられたと、御歌集『瀬音』の刊行（平成9年）に寄せて、当時の女官長、松村淑子が書いておられる。

プリンセスミチコ

天災のこと

復興……平成24年

今ひとたび立ちあがりゆく村むらよ失せたるものの面影の上に

平成24年（2012）、両陛下は宮城、福島、長野県の被災地を訪ねられた。同じ年の3月、板橋区立美術館に皇后美智子さまがおこしになったとき、近くの成増団地に避難していた東北の人たちが、はげましの言葉をかけて下さった美智子さまに感謝して、車から降りられるのを横断幕を掲げて待った。たしか「皇后さま、ありがとうございました」と書いてあったように思う。

皇后さまはその横断幕のほうへ歩み寄り、お言葉をかけられた。

帰りの車に乗られるときも、またこの人たちは横断幕をひろげて、感謝の気持ちを伝えようとした。

わたしは、避難された方がたの気持ちが素直に伝わったことを感じた。

海……平成23年

何事もあらざりしごと海のありかの大波は何にてありし

あれほどの人命を奪い、町や田を破壊し尽くした津波だったのに、今は何事もなかったように凪(な)いでいる。

わたしは平成25年も10月22、23日、宮城県の気仙沼に行った。大きい船が陸に打ち上げられ、そのまま居座ってしまったところである。物見高い人にとっては観光目当ての一つにもなった。永久保存の動きもあったが、そこに住んでいる人たちの気持ちとして、また、維持費などからみて、観光のためだけなら残したくないという意見のほうが多く、わたしが行ったときは、すでに解体されていた。

気仙沼の魚市場はさすがに名のあるところで、かなり復興し、たくさんのサンマが陸揚げされていた。

漁船が着く前から、カモメがおこぼれをねらっているらしかったが、その相手をしている暇はないほどいそがしい。漁船から直接ベルトコンベヤーで水揚げされた獲物は、そのコンベヤーの両側に陣取っている人たちによって巧みに選別し、水槽に入れられ、その山ほどの水槽を荷揚げ車がくるくる動いて運び、氷を満載したトラックが待ち受けて、また違うコンベヤーに載ってくる魚箱に、氷とともに入れてはふたがされ、みるまに積み上げられて出荷されるのだが、その手際のいいこと、早いことにおどろいた。カモメのなかにはカラスも交じって魚をねらっていたが、市場の人は頓着しなかった。トンビもいた。猛禽のくせにカモメほどにすばしこくはなかった。

市場だけみれば、その活気からして災害の痕跡はみえず、平和な波の打ち寄せる気仙沼の岸に立っていたが、その空き地一帯は、なんと地盤沈下の場所そのもので、道路は整備されてもまだ復興の道は遠いという。

タクシーの運転手さんの「津波は怖いです。被害の事実も大きいが、交付金をわけるときなど、人の心をも傷つけます」という言葉は忘れられない。

シャガ

手紙……平成23年

「生きてるといいねママお元気ですか」文に項傾し幼な児眠る

両親と妹を大津波にさらわれた4歳の少女が、母に宛てて手紙を書きながら、その上にうつぶして寝ている写真をご覧になったときの御歌。

幼児生還……平成16年

天狼の眼も守りしか土なかに生きゆくりなく幼児還る

天狼はおおいぬ座の星、シリウス。この星の季節の中越地震の折、被害にあった2歳の幼児が土石の下から生還した。奇蹟である。

これらの歌を読むと、皇后が被災地へ行き、罹災者と同じ目のたかさで話をされる気持ちがわかる。

御所の花

草むらに白き十字の花咲きて罪なく人の死にし春逝(ゆ)く

この年の春……平成23年

わたしは「御所の花」を描くことになり、御所の中の中のドクダミも見た。緊張していて、わたしが広い皇居の中のどこにいるのか自覚する間もなく、急いで取材して急いで帰り、花の元気なうちに描かねばならぬことのくりかえしだった。やっと展覧会ができるようになったとき、「皇居の中で描いているところを、美智子さまが見に来られるのか」と聞くものがあった。そういえば一度、出てこられて、「鉢の中のヒツジグサは紀宮のお印の花です」という意味のことをいわれたことがあった。また、一度、御所のすぐ近くをスケッチしているわたしに気付かれて出てこられた。少し話したあと、思い出したように戻られて、松山善三（わたしの友人）の書いた依田勉三の初期北海道開拓の本のことをお話しになった。高齢の著者がよくあのように辛い本を書かれてと、感慨深くいわれたことがある。

睡蓮……昭和54年

那須の野の沼地に咲くを未草（ひつじぐさ）と教へ給ひきかの日恋（こほ）しも

村……平成6年

今一度訪（と）ひたしと思ふこの村に辣韮（らっきょう）の花咲き盛（さか）るころ

鳥取県福部村（注・現在は鳥取市）

ラッキョウの花は皇居で初めて見た。絵に描くのはむつかしいほど小さいけれど楚々とした花だったので、いちばん心にのこっている。

御所の中には、都会の喧噪（けんそう）からきりはなされた、思いがけぬ静謐（せいひつ）な世界があった。われわれの庭に比べることもおかしなほど広い。しかし両陛下の自由というものの狭さに比べれば、どんなに広くても足りないとおもった。

コルチカム

下世話な人間には庭の広さを幸せの尺度にするものがあるが、幸せは庭の広さでは測れまい。

狭いながらも楽しいわが家
愛のほかげのさすところ
恋しい家こそ私の青空
（「私の青空」堀内敬三訳の部分）

という歌もある。幸せは広さではない。二人の心の中のことに尽きるだろう。その心の中のことをおもえば、両陛下は、模範的な存在に見える。想像するほかないが、心臓手術の前後にきこえてきた陛下のお言葉や、陛下の御製ににじみ出ているお二人のありかたは、琴瑟（きんしつ）がしずかに共鳴しているかと見える。

さきに自由の狭さに比べれば、庭が「どんなに広くても足りない」とおもうと書いた。その言い方の中には、両陛下には自由が極めて少ないのではないか、とわたしが考えている意味もある。いっそ狭いながらも楽しいわが家であったほうがいいのではないか、とさえおもう。

われわれはプライバシーということを問題にするようになってきたが、それに反比例して、両陛下のプライバシーはなくなってきたのではないかとおもう。

プライバシーがあったら、孫の馬にもなれよう、オオカミごっこの相手になって自分がオオカミになることもできるだろうし、かくれんぼをして孫が見つけられなくて泣くまねをしたら、パーッと飛び出してきて、「ここにいるよ」と大声で安心させてくれもしよう。

本当はそのようなひとときはあるのだけれど、マスコミに言わないだけなのだったら、どんなにいいだろう。しかし英国の王室に比べればわかるが、日本の皇室はやはり自由がなさすぎると、わたしは勝手におもうのだ。

ご成婚のころ

黄ばみたるくちなしの落花啄みて椋鳥来鳴く君と住む家

常磐松の御所……昭和34年

皇后の御歌集『瀬音』の冒頭に掲げられた歌である。大げさに言うようだが、民間から皇室へ嫁ぐおひめさまがあったという意味で、これは歴史的なできごとだった。昭和34年というから、今から55年前のことである。わたしは今もこの歌に胸をつかれる。あのころはまだ、昭和天皇も香淳皇后もご健在だった。

いづくより満ち来しものか紺青の空埋め春の光のうしほ

紺青……昭和37年

剪定のはさみの跡のくきやかに薔薇ひともといのち満ち来ぬ

薔薇……昭和37年

平成25年のお誕生日の集まりは、伊豆大島の災害を悼んでおとりやめになった。そのかわりかどうか、ご成婚の儀式を晴れやかに映し出したテレビ局もあった。馬車にのった美しいお二人が堀端の道を行かれるところが今もこころにのこっている。

平成16年のお誕生日には、御自身の成婚の折、国民から盛大な歓迎を受けたことについてのお言葉がある。

「もう45年以前のことになりますが、私は今でも、昭和34年のご成婚の日のお馬車の列で、沿道の人々から受けた温かい祝福を、感謝とともに思い返すことがよくあります。東宮妃として、あの日、民間から私を受け入れた皇室と、その長い歴史に、傷をつけてはならないという重い責任感とともに、あの同じ日に、私の新しい旅立ちを祝福して見送ってくださった大勢の方々の期待を無にし、私もそこに生を得た庶民の歴史に傷を残してはならないという思いもまた、その後の歳月、私の中に、常にあったと思います」

皇室は、民間から才色兼備の美智子さんを選び、美智子妃はあの椋鳥の鳴く静謐の世界に入られた。

若い美智子さまは咲き匂う華のように美しかった。あれから50年以上も過ぎて御ぐしに霜を置かれるようになられたが、同じように年をとったわたしたちから見て、その高貴な美しさは少しもかわってはいない。

ときには、自分の力ではさけることのできない不幸なできごとに対するマスコミの批判にも、よく耐えてこられた。

そしてご成婚以来、50年以上の歳月がすぎたが、そのむかし、今日のような、平安の日があることを誰が予想しただろう。

天皇陛下は平成15年に、東京大学医学部附属病院を退院して、

もどり来し宮居の庭は春めきて我妹(わぎも)と出でてふきのたう摘む

という歌を作られている。このときは前立腺がんの手術だったが、平成24年2月18日の冠動脈バイパス手術の折は、順天堂大学医学部の天野篤先生の執刀

で手術を受けられた。病院に入っていかれる陛下は、やや笑顔をうかべて淡々と歩いておられた。わたしは、手術と聞いても少しも驚かない陛下のおすがたに「あれは科学を信じる人の顔だ」とおもった。

科学は不可能を可能にしているのではなく、一見そのように見えるだけだ。考えをすすめていくなかで、矛盾や不合理があっては、そこで思索の鎖が切れる。

むかし外国にラスプーチン（怪僧）といういかがわしい者に振り回された帝室があったが、われわれの象徴は科学の上からも、信頼すべき皇室であることをおもった。

退院されてちょうど1週間後に、東日本大震災から1年目の追悼式が行われ、両陛下がそろって出席された。美智子さまは清楚な黒の和服であった。「もしも陛下が倒れられるようなことがあったら、一番近くにいる自分が受け止めなければならないから」と草履の履ける和服でいかれたのだという。

わたしも、あのお姿はテレビで見た。やはりテレビで見ていた作家、澤地久枝が（自分がもう何度も心臓の手術を受けた経験者であるため）、「まだ寝ておられたほうがいい、手術されたばかりなのに、出かけてはあぶない、胸をひらいたときの肋骨（ろっこつ）はまだついていないとおもうのに」と言っていた。

ご成婚から五十数年がすぎた。

誰にも予測できなかった今が来た。美智子さまにとって、あの皇居のお庭の広さで十分とおもえるようになられたかと余計なことを考える。

それはともかく、花の絵を描いて1年を過ごさせてもらったのだから、わたしは幸せであった。

いま、ご葬儀のことが話題になっている。両陛下はわたしよりもお若いのだからご葬儀の日はまだ先ではあろうが、その日はいずれくるだろう。

皇室典範というものがあって、むかしはそれにのっとってすべてが進行した。今はふだんの陛下の考え方からして、伝統よりも現在の国民に負担をかけないようにと、葬儀や陵の規模、場所などを考えておられるらしい。まだご健在なのに陛下の目の前で葬儀について相談するなどとは縁起でもないという意見もあったらしいし、わたしもそうはおもうが、陛下はそんなとき、（先に科学的な考え方と書いたような意味で）葬儀という「終活」（自分の最期のあり方）を考えておく必要は自然な経緯だと了解しておられるだろう。

皇后美智子さまは、合葬でもよいといわれる陛下のお気持ちに深く感謝しつつも、「ご遠慮申し上げたい」と考えておられる。あまりにおそれ多い、といわれるのである。それに両陛下のどちらが先だつことになるかわからないのだから、と新聞に書いてあった。

この美智子さまのお気持ちは尊重すべきである。

五十余年前の、ご成婚の儀がおこなわれたときのことをおもう。あのとき美智子さまは、「椋鳥来鳴く君と住む家」と詠まれた。

皇后になることが、栄誉ではあっても、そのためにきたのではないと自分に言い聞かせられたのではないだろうかとおもう。

肩書によって結婚を受け入れたのではない。相手の人間性にふれたためであって、その相手がたまたま陛下であったのだ。

「君と住む家」の「君」は、「わが大君に召されたる」と歌ったむかしの意味ではなく、ごく普通の「我が君」とよんだほうがいい。

シンデレラなど「童話がえがくおひめさまになることを願うような」スノビズムの考えは全くなかっただろう。

もっとも近くにいる伴侶として、陛下を尊敬し、あるときはその健康のためにこころをくだかれた。しかもおそれ多いとおもってこられたのは今にはじまったことではない。

陛下は憲法の下、「象徴」というわかりにくい存在にもなろうとつとめ、皇后もそれを心得ておられた。しかし来るべき「終活」のときは、ようやくその責務から解放されるときではあるまいか。

さきに書いたように美智子さまは「民間から私を受け入れた皇室と、その長い歴史に、傷をつけてはならないという重い責任」を感じておられたという。自由がないのではないかと思った意味は、この責務のことといってもいい。むかし民間と皇室とでは世界がちがった。ご成婚の日の美々しい行列だけをとってみても、民間の結婚とはまるでちがう。

皇室の伝統としてできあがっていた世界になじんでいくのは、なにもかもあたらしく見える美智子さまにとって、おそらくとまどいの毎日であっただろう(これは雅子さまの場合も全くおなじである)。今蒸し返すことではないが、マスコミは好奇の目でそのとまどいを見たのではあるまいか。

ダイアナ元妃のご成婚の日、二人が乗る自動車には空き缶がたくさん結びつけられ、(庶民同様に)ガランガランと音をたてながら車が行った。

わたしはこのような西欧の文化をうらやましくおもう。

もっともダイアナ元妃の場合には、後日の悲劇があり、これを境に英王室には、一時期、危機といわれた時代があった。
日本の場合、当時の皇太子と皇太子妃が、それまでの皇室の伝統を大切にしつつ、そのうえで皇室に静かな革新をもたらされたことは国にとって幸せなことだったとおもう。

霜柱……平成7年

シモバシラとふ植物ありとみ教へを賜びし昭和の冬の日ありき

短夜

聖上の御病の後の日に……平成8年

短夜を覚めつつ憩ふ癒えましてみ息安けき君がかたへに

南アフリカのこと

ニュース……平成3年

窓開けつつ聞きゐるニュース南アなるアパルトヘイト法廃されしとぞ

FIFAワールドカップ南アフリカ大会……平成22年

ブブゼラの音も懐しかの国に笛鳴る毎にたたかひ果てて

平成22年6月から7月にかけて、南アフリカ共和国でサッカーのワールドカップが開催された。

テレビを見ていた人はみんな驚いた。はじめて聞く独特の楽器ブブゼラが会場を圧して鳴りつづけたからである。

はじめはやかましいとおもったが、なれてくると、懐かしい音に聞こえはじ

フキノトウ

め、ブブゼラのないサッカーは考えられなくなった。

平成23年、南アフリカの国民議会議長が日本へこられたとき、わたしはホテルオークラでそのおくさまにあった。子どもを育てるとき絵本や読書がとてもだいじなことだと信じ、御自身も絵本をかいておられるところから、わたしがお目にかかったのである。

この点、皇后美智子さまのお考えとよく似ている。ついでだからいうが、学習で一番大切なのは大学の勉強だとおもっている人が多いが、実際には小学校の勉強が大切なのである。

文字を覚えるのは小学校のとき(記憶力が活躍する年齢)である。宿題に「書き取り」をだされるのは嫌だったが、今にしておもえば、あの「書き取り」の宿題が字を覚えさせてくれたのだ。楽譜のような不思議なものは小学生時代の頭でなかったら覚えきれない。読書の習慣も小学生時代にはじまる。

日本人の識字率が高いことは自覚しなかったが、諸外国それぞれに母国語が読めない人があるのは、つまるところ子どもの時代に学習しなかった、あるいはできなかったからである。

南アフリカの、悪名高いアパルトヘイトは、学ぶところはもちろん、遊ぶところから住む場所まで有色人種が差別され、少数の白人のために都合よくできていた。今世紀になっても人種間の生活の格差がなくならないのは、教育の格差が影響しているのだといわれている。

この法律が廃止されたのは平成3年というから、もう20年以上になる。廃止された後、その長い差別時代を獄中でおくった、ネルソン・マンデラ・アフリカ民族会議議長が大統領に就任した。平成5年にはノーベル平和賞を受けた。受賞はこのほかにも多く、その後のネルソン・マンデラの活躍は書ききれない。残念ながら日本時間で平成25年12月6日、ヨハネスブルクの自宅で亡くなられた。

議長夫人は太り気味の美人だった。わたしが議長夫人にあったとき、最初に東日本大震災のことをいわれた。大津波の映像は南アフリカにも届いていた。「あんな気の毒なことはないとおもい、すぐに弔慰金を送った」といわれた。

大震災は天災である。アパルトヘイトは人災である。その人災に日本は何をしていたかと反省する。先に書いたハンセン病も、差別を受けた方々は人災を受けたのだった。

この子供らに戦あらすな

春燈……平成7年

この年の春燈(しゅんとう)かなし被災地に雛なき節句めぐり来りて

広島……平成7年

被爆五十年広島の地に静かにも雨降り注(そそ)ぐ雨の香のして

島……平成2年

対馬(つしま)より釜山(ふざん)の灯(あかり)見ゆといへば韓国の地の近きを思ふ

対馬まで行くと釜山の灯が見えると詠われた。韓国は遠いようで近いのである。実はこの原稿を書いている途中に、別の仕事で韓国へ行った。隣接する国

バラ——ニコール

はどこもそうであるように、韓国と日本との関係にも不幸なトラブルが横たわっている。

そんなとき「歴史認識」と言い習わしている新しい言葉は、日本の立場をあいまいにしてきた感じがする。

わたしが子どもの頃、「加藤清正の虎退治」というのを雑誌の絵で見てなるほど、清正は強いとおもっていた。では日本にはいない虎がどこにいたのかということになるが、それが韓国だったのである。

1592年3月に豊臣秀吉は兵をおこし、2度にわたって朝鮮に兵を送った。清正はそのとき従軍した。こういうことは少年講談のように美化しないで、正しいことを教えてもらったほうがいいとおもう。

そもそもこの出兵はなぜか、という説はいろいろあるが、最後には撤兵した。戦場では殺されたり、殺したりしたにちがいない。だから戦争というものはよくない。ただし、殺されたといっても、その場所は、日本ではない。つまり出兵しなければ殺されることもなかった、ということだけははっきりしている。

それは昔話としても、「韓国併合」のことを歴史で習ったときは子どもだったから、なんのことかよくわからなかった。

そのころ韓国人の友達もいて、その友達とはともに志を語った。戦争が次第にはげしくなり、わたしの知る限りでは、かれらは兵隊にとられなかったがそのかわり徴用令によって、日本の炭鉱で働かされた。その頃のことを知っているから、わたしには個人的に罪の意識がある。

司馬遼太郎の「街道をゆく」という名シリーズの中に『韓（から）のくに紀行』という一冊がある。

〈「日本（イルボン）からあそびにきたのか」

（略）私がうなずくと、そうかそうか、といったふうに、握手をしてくれた。

イルボンという、このアジアにおける唯一の帝国主義国は、「併合」と称する支配形式でこの国を三十六年間支配した。朝鮮人にとって世界中の国名は単に地理的呼称にすぎないが、イルボンというこの発音には、無限の不快さと怨恨がこもっているはずである〉

とある。イルボンは日本であり、イルボンサラムは日本人である。そしてわたしは、その併合時代を知っているところの、数少ないイルボンサラムであった。だからわたしには哀しい贖罪意識がある。

平成25年、絵を描くためにソウルから慶州へゆく電車の中では老人優先席に座った。いっしょに行ったチェ君に、そばに座ったらというと、かれは「そこは優先席だから座れません」といった。もしそんなことをしたら他の人から「君は若いのにそんなところに座ってもいいのか」と叱られる、という。

日本の優先席にくらべて、なんという礼節なのだろう。ついでにきいてしまった。「韓国では父親の前でタバコを吸わないというのはほんとうか」というと、そうだという。一説には儒教が基本にあるからだというが、どうもほんとうらしい。

対馬はとても韓国にちかいために、往来も激しく、交易などいわば懇意のあいだがらだった。だから秀吉が朝鮮に兵を出すとなると、一番困る立場にあった。

たぶんこの対馬に沙也可（サイエカ）という男がいた。『韓のくに紀行』からごく要点だけを抜粋する。

彼は儒教の文明にあこがれていた上、秀吉の朝鮮出兵には疑問を持っていたらしく、釜山に上陸すると、戦う前に兵をたくさん連れてすぐに降伏し、とられた将棋の駒のようにむしろ韓の立場になって、上陸した日本軍と戦い、勇戦奮闘し、韓では鉄砲の作り方などを教えた。朝鮮王から優遇され、韓国の名前

マイヒレン

をもらってそのまま大邱(テグ)の南の友鹿洞(ウロクトン)に住んだ。王は彼に金忠善という名を与え、正憲大夫(チョンホンテブ)という名誉な職につけた。その後も北方からの侵入兵たちとも勇敢に戦ったという。

沙也可は小説ではなく、本当にあった話である。イルボンサラムのわたしは、ひとかけらの歴史認識のためにこの村に行ったのである。沙也可というイルボンサラムがいたことを、今となっては話として「そうだったのか」とおもったのであった。

しかし、司馬さんが行ったとき、老翁がでてきて、

〈「こっちからも日本(むこう)へ行っているだろう。日本からもこっちへ来ている。べつに興味をもつべきではない」

と、にべもなくいったのである〉

と書いている。はじめて老翁はわらった。司馬さんもわらった。

いまは、韓国にもっとたくさんの日本人が行き、向こうからもたくさん来ている。

そんなにちかく、本来仲良くしていいはずのものを、どうしていがみ合いの種を掘り出すのだろう。

対馬から韓国の灯を見たことはないが、わたしは詫びたい気持ちでその灯をおもい浮かべる。

韓国からも、対馬の灯が見えるはずなのだ。

歌集『瀬音』の中に、この「島」の歌とならんでいた、金星蝕（しょく）の歌を読んでみよう。

金星を隠しし月を時かけて見たりき諒闇（りやうあん）の冬の夕べに

平成元年十二月二日、金星蝕を見ぬ

月……平成2年

諒闇というのは、「天子が父母の喪に服する期間。その期間は一年と定められ、国民も服喪した」（『広辞苑　第六版』岩波書店）とある。

わたしも同じ金星蝕を、山口県の長府で見た。畏友野崎昭弘（数学者）も東京で見たらしい。「あのとき金星は星印に見えた印象がある」といっていた。

慰霊碑は白夜(びゃくや)に立てり君が花抗議者の花とともに置かれて

オランダ訪問の折りに……平成12年

両陛下がオランダで慰霊碑にご供花されたあと、さる戦争の折の抗議者、戦争被害者が白い菊を一輪ずつもって行進し、慰霊碑の柵の周りに立てかけて帰った。花が次第に増えると、柵の中に立っていた2人の衛兵が外に出てきてそれらを集め、両陛下の供えられた花輪の下段に並べた。

わたしはあの白夜に浮かぶ献花を見られている両陛下の胸中を拝察して胸が熱くなる。

これより前に昭和天皇が訪問されたときは、さる戦争の折に日本軍の捕虜となり、恨みを持った人からは歓迎されなかった。

仄聞(そくぶん)すれば、慰霊碑への献花の模様がオランダ全土で放映された翌々日、ライデンを訪問された両陛下を学生たちは歓声を上げてお迎えした。2階建ての宿舎の窓という窓から身を乗り出し、中には屋根に座っている者もあり、「天皇皇后両陛下、コーヒーはいかがですか」と日本語で書いた垂れ幕もあったということである。

硫黄島……平成6年

慰霊地は今安らかに水をたたふ如何(いか)ばかり君ら水を欲(ほ)りけむ

サイパン島……平成17年

いまはとて島果ての崖踏みけりしをみなの足裏(あうら)思へばかなし

島の果てに身を投げた瞬間の動画を見た人は多いとおもう。これは偶然米軍の手によって撮影されたものだという。

歌会始御題　波……平成6年

波なぎしこの平(たひ)らぎの礎(いしずゑ)と君らしづもる若夏(うりずん)の島

注・「うりずん」は、沖縄の言葉で若夏の季節をあらわす

両陛下は、沖縄戦終結の日には、世界のどこにおられても、沖縄の方角を確かめて、黙祷をささげられる。

沖縄は国土の中で唯一戦場になったところだった。わたしが兵隊だった時代に、「城間」と書いて「グスクマ」と読む友達があった。香川県の大槌(おおづち)島というところに木を伐(き)り出しに行ったとき、米軍の艦載機の攻撃をうけた。あの日、城間といっしょに松の木の陰にかくれた。

敗戦になったとき、彼は軍隊が飼っていた一頭の牛を手土産にして土地の娘さんのいるうちへ養子にいった。沖縄は全滅し、彼には帰る土地もないとおもわれていたからである。

植樹祭……平成7年

初夏(はつなつ)の光の中に苗木植うるこの子供らに戦(いくさ)あらすな

戦争反対という常用語ではない、歌人は「戦あらすな」と詠うのである。

歌会始

ゆくりなくも「御所の花」の絵をかいたこともあって、わたしは皇后美智子さまの歌のことを、週刊朝日の連載のために書きはじめた。まだだれも知らないはずなのに、歌会始の陪聴（歌会始の儀に参列し、はじめて披露される歌を直接拝聴すること）のお誘いをうけた。偶然の光栄というほかはない。

かつては歌御会始（うたごかいはじめ）といい、江戸時代を通じほぼ毎年催され、明治維新後も、明治2年（1869）1月に明治天皇によって開かれた。

明治7年には一般の詠進が認められ、それまでのように皇族・貴族・側近だけでなく一般国民も宮中の歌会に参加できるようになった。

明治12年には一般の詠進歌のうち特に優れたものを選歌とし、歌御会始で披講されることになった。こうしてみると、かなり早くから一般に開かれていたことになる。

歌会始とよばれるようになったのは昭和3年（1928）の歌会始からだという。

そして先の大戦後は、宮内省に置かれていた御歌所（おうたどころ）が廃止され、在野の歌人に選歌が委嘱された。

選者の中に河野裕子（かわのゆうこ）という方があった。高校生の頃から注目を集めた歌人で夫の永田和宏とともに宮中歌会始の選者を務めた。惜しくも平成22年8月12日に早世した。辞世の歌がある。

手をのべてあなたとあなたに触れたきに息が足りないこの世の息が

皇后美智子さまは、この河野裕子の死を惜しみ歌を贈られている。

亡き人

いち人（にん）の大き不在か俳壇に歌壇に河野裕子しのぶ歌

わたしは平成26年1月15日の歌会始に招かれた。

モクレン

予報では雪になるかもしれぬといわれていた寒い朝だった。皇居の芝生は一面に冬の色で、侍従職の人が、歌会始の開かれる「松の間」の側のウメの古木に、早くも開いた花があることを教えてくれた。このほか庭を区切る形の垣根にサザンカがいくつか見えた。

雪にはならなかった。

歌会始は古式にのっとった儀式で、粛々と進行した。めったにネクタイをしない人間のわたしは陪聴者で、外国の大使の後ろだった。わたしにとっては2列目でよかった。

歌会の歌は、講師（こうじ）が朗々と読み上げ、つぎに同じ歌を発声、講頌（こうしょう）が一種の音曲をつけて唱えるのである。

古式にのっとっているため、語尾を長くのばす読み方である。率直に言って、今の人間の耳にはとどきにくい。この年の御題は「静」だった。

御製

慰霊碑の先に広がる水俣の海青くして静かなりけり

み遷(うつ)りの近き宮居に仕ふると瞳(ひとみ)静かに娘(こ)は言ひて発(た)つ

皇后陛下御歌

この御歌は黒田清子(さやこ)さんが伊勢神宮の式年遷宮で臨時祭主を務める際に両陛下に伊勢へ出発のあいさつに来たときのことを詠まれた。

話はかわるが、紀宮清子さまが9年前にご成婚された折の報道によると、「黒田夫妻はホテルで夕食をとったあと、午後8時ごろ、宮内庁の車でホテルを後に。新居の分譲マンションが来年3月末まで完成しないため、それまでの仮住まいとなる1LDK（50平方メートル）の賃貸マンションへと向かった。宮内庁によると、この日、お祝いの一般記帳のため、約5800人が皇居を訪れた」（平成17年11月16日付読売新聞）

そして、狭いながらも楽しいわが家に入られた。

岸

『新・百人一首』（文春新書）という本がある。

百人一首とは藤原定家のように一人で選ぶのが普通だとされていたが、これは岡井隆、馬場あき子、永田和宏、穂村弘が選をしたものである。ついでに書く。『新々百人一首』（新潮社）という丸谷才一の名著がある（「新百人一首」という古い本があるため「新々」と断った書名になっている）。これはとてもいい本だとおもって大切にしている。

さて、『新・百人一首』の冒頭には、

明治天皇御製

あさみどり澄みわたりたる大空の広きをおのが心ともがな

が載っている。わたしも子どものころから勉強させられて読んでいた歌である。

このほか、皇后美智子さまの、

歌会始御題　岸……平成24年

帰り来るを立ちて待てるに季（とき）のなく岸とふ文字を歳時記に見ず

がでていて、皇室からはこの2首だけである。

岸にたって待つ、という短いことばからは、シベリア抑留者、北朝鮮に家族を拉致された人、たぶん夏休みが来て、遠くの学校へ行っていた子が帰ってくるのを待つ人もあろう。オランダの漁港では、はるかに沖をうかがう老婆の石像をすえつけているところが多い。

この「岸」という文字をもつ歌は、平成24年の歌会始の御題でもあり、わたしも新聞の記事で知った。抑留者のことを詠んだ御歌もある。

早蕨……昭和53年

ラーゲルに帰国のしらせ待つ春の早蕨（さわらび）は羊歯（しだ）になりて過ぎしと

長き抑留生活にふれし歌集を読みて

この『新・百人一首』には、100首以外の秀歌として皇后美智子さまの2首が載っている。そのうちの一首。

ことば……平成4年

言（こと）の葉（は）となりて我よりいでざりしあまたの思ひ今いとほしむ

これは、もしや失語症のことではあるまいな、と思う。

高峰秀子が病気になったとき、夫の松山善三が「失語症になっちゃってさあ」と電話をくれたことがある。電話をくれたくせに「いま代わるから」といってすぐ秀子女史に代わったが、その後の様子から判断して、秀子さんはよほど具合がよくなかったのかもしれない。でも秀子さんは話ができ、そして先に逝った。善三さんはいまもあまりしゃべらない。

皇后美智子さまが失語症になられた、という報道を読んだことがある。失語症といってもいろいろあるらしいが、ひらたくいうとストレスがたまるとこれにかかる場合があるらしい。

何？　皇后さまでもストレスがあるのか、それはあるという人がいる。ありすぎるのかもしれない、だから失語症になられたのだ。くわしいことはわからないが、わたしたちとしては、ご苦労をおかけしたくないと祈るだけだ。

傘寿

以下数首は、平成26年1月1日付の新聞各紙に載った天皇陛下の御製、皇后さまの御歌。新年にあたり前年詠まれた歌のなかから発表されたもの。

御製　五首

あんずの里

赤き萼(がく)の反りつつ咲ける白き花のあんず愛でつつ妹と歩みぬ

大山(だいせん)ロイヤルホテルにて

大山を果たてに望む窓近く体かはしつついはつばめ飛ぶ

アカバナマンサク

水俣を訪れて

患ひの元知れずして病みをりし人らの苦しみいかばかりなりし

皇居にて　二首

年毎に東京の空暖かく紅葉(もみぢば)赤く暮れに残れり

被災地の冬の暮らしはいかならむ陽(ひ)の暖かき東京にゐて

子どものころ、わたしの家にもウメとアンズがあった。外見は全くかわらないのに、アンズはすぐに食べてもおいしいので、隣のお兄さんが屋根づたいにとりにきた。わたしはアンズのほうを大切におもっていた。ふしぎなことにある秋の日、アンズが遅れ咲きになって、花が咲いたが、種類も場所も違うのにウメも負けずに咲いたのである。

東京ではツバメを見なくなった。乗鞍(のりくら)あたりにはまだいるときいたが、今はツバメがミツバチを食べるという。むかしツバメは益鳥だと教えられたのに、今は嫌われている。遠因は人間のほうがわるいのである。

水俣病は「公害」という言葉が使われた初めのころの事件だった。その後、何でも公害というようになったが、水俣病は状況がおかしいことがわかっているのに真相を「これでもか」というほどに見せないと、自他共にその原因が究明できなかった。「患ひの元知れずして」とうたわれたのは、相手の見えない苦しみと闘っていた人たちの姿である。何でも「公害」という言葉で片付けると、水俣の公害の深刻さが希薄になる。今やひとごとではない、お隣の中国でも、このような公害が出てくる公算が大きい。

両陛下は、震災のあった平成23年以来毎年、東日本の被災地をお訪ねになっている。

皇后陛下御歌　三首

打ち水

花槐(はなゑんじゆ)花なき枝葉そよぎいで水打ちし庭に風立ち来たる

遠野

何処(いづこ)にか流れのあらむ尋(たづ)ね来し遠野静かに水の音する

両陛下は東日本大震災の被災地を平成25年も訪ねられた。遠野は津波の届くところではなかったから、支援のための後方基地となった。遠野はまえに何回か行って、市場でカラシナを買ってきて庭に植えたが、うまく根付かなかった。「水の流れの音を」聞く心の持ち方が足りなかったのかもしれない。

演奏会

左手(ゆんで)なるピアノの音色(ねいろ)耳朶(じだ)にありて灯(ひ)ともしそめし町を帰りぬ

この御歌は舘野泉(昭和11年生まれ)のピアノを聴きにいかれたときのこと。舘野泉は音楽家として恵まれた環境にそだったのに、平成14年1月、フィンランドのタンペレでのリサイタル中に脳溢血(いっけつ)で倒れ、不幸にして右手に麻痺がのこった。

コブシ

リハビリに励み、15年8月のオウルンサロ音楽祭で復帰を果たした。その中でスクリャービンやリパッティによる、左手のためのピアノ作品を演奏した。それをきっかけに、本格的に左手の分野を開拓しようと決意。翌年には日本で、左手のピアノ作品によるリサイタルを開いて大評判になった。今も演奏活動のほか、録音や新作などを通して、左手ピアノ曲の普及につとめている。

左手だけの演奏のできる人は、ほかにも名前は忘れたが戦場で負傷したピアニストがあった。その人たちは決してくじけないで、自分の道を見つけている。

陛下は平成25年の暮れに誕生日が来てちょうど80歳の傘寿をむかえられた。陛下がお生まれになったとき、わたしは7歳だった。津和野では、提灯(ちょうちん)行列をやったことを覚えている。

その80年を振り返っての記者会見の内容が朝日新聞にでていた。

「最も印象に残っているのは先の戦争のことです。(略)前途に様々な夢を持って生きていた多くの人々が、若くして命を失ったことを思うと、本当に痛ましい限りです。(略)

天皇という立場にあることは、孤独とも思えるものですが、私は結婚により、私が大切にしたいと思うものを共に大切に思ってくれる伴侶を得ました」とあった。

平成の歌会始のうた

天皇、皇后両陛下の、平成元年（1989）からの歌会始の御製、御歌を中心に読んでみたい。

歌会始の儀で披露された歌には、皇族、選者、入選者らの名歌がいろいろあったが、ここではその中から両陛下の歌だけを掲げることにする。

これらの御製、御歌から過去25年、つまり平成元年からの歴史をしのぶことができるかもしれない。

平成元年

歌会始は中止。

1月7日、昭和天皇崩御。

6月4日、中国・天安門事件。

11月9日、ベルリンの壁崩壊。

御歌　ベルリン……平成元年

われらこの秋を記憶せむ朝の日にブランデンブルグ門明(あか)るかりしを

平成2年「晴」

歌会始ではなく、「昭和天皇を偲(しの)ぶ歌会」として開かれた。

昭和天皇御製

空晴れてふりさけみれば那須岳はさやけくそびゆ高原のうへ

御製

父君を見舞ひて出づる晴れし日の宮居の道にもみぢばは照る

ナズナ

皇后陛下御歌

かすみつつ晴れたる瀬戸の島々をむすびて遠く橋かかりたり

6月29日、礼宮さま、紀子さま結婚の儀。
11月12日、即位の礼。
8月2日、イラク軍がクウェートに侵攻し、俄然湾岸危機となる。
10月、東西ドイツが統一された。

平成3年「森」

御製

いにしへの人も守り来し日の本の森の栄えを共に願はむ

皇后陛下御歌

いつの日か森とはなりて陵(みささぎ)を守らむ木木かこの武蔵野に

昭和天皇が昭和4年（1929）、和歌山県の田辺湾に浮かぶ神島（かしま）を訪問されたことがある。

この島の森が神社合祀（ごうし）にともなって伐採されそうになったとき、南方熊楠が反対した。昭和天皇が訪れるにあたって、熊楠は原始のままの神島の景観をお見せしたいとおもっていたが、気を利かした役人たちが雑草を処理してきれいにしていた。

昭和天皇は「手をいれていない天然の森ということだったが、これは天然ではないね」といわれて、熊楠はおそれいった。当時の県知事はまったく余計なおせっかいをしたものだ。

しかし、これによって神島の自然はまもられた。御臨幸の1周年にあたる昭和5年6月1日に、熊楠の詠じた歌が碑として建立された。


一枝もこころして吹け沖つ風わが天皇（すめらぎ）のめでましし森ぞ

その後も昭和天皇の関心はつづき、神島の自然は国の天然記念物の指定を受け、まもられた。

平成3年1月、湾岸戦争が勃発した。

春の光溢るる野辺の柔かき草生(くさふ)の上にみどり児を置く

草生……平成4年

平成3年10月23日、皇后陛下に初孫の眞子さまがおうまれになり、それを抱いて、たぶん、わすれていたあの抱き心地と責任をおもいだされる。だからいつまでも抱いていたい気持ちと、抱く責任から早く逃れたい気持ちに迷われたのではないかとおもう。

わたしの家の近所に住んでいるおばあちゃんにオマゴチャンを見せに来た若い夫婦がいたとおもってもらいたい。時間が来たらしく表へ出てバスを待たねばならぬ。

孫のお父さんはおむつやミルクの入ったかばんとか、お母さんはこうもり傘や子どものくつなどをもっていて、何も面白くなさそうな顔をしている。なごりおしそうなのは、赤ちゃんをゆすっているおばあちゃんで、バスが近づいてくることなどは問題にしていなかった。

ヤマラッキョウ

平成4年「風」

御製

白樺の堅きつぼみのそよ風に揺るるを見つつ新年思ふ

皇后陛下御歌

葉かげなる天蚕はふかく眠りゐて櫟のこずゑ風渡りゆく

白樺は皇后のお印の木。天蚕（ヤママユともいう）をわたしは安曇野で見た。それは一本の木だけだったが、安曇野、有明のあたりはむかしから天蚕の有名な産地だったらしい。わたしは絶滅危惧種かとおもっていたが、保護して飼育、生産しているところは皇居の他にもあるという。

安曇野には博物館があって、その繭からとった糸で織った絹布も見た。天蚕はクヌギ、カシワ、コナラなどの葉を食べる。鳥がねらうので、クヌギの木などに網をかけて天蚕を保護している。糸をはきだして繭をつくるがその糸はうすい青みを帯びた色で、しっかりしているため染料をうけつけない。
天蚕の仲間のテグスサンからとった糸は、強いため釣り糸などに使われた。そういえばテグスという釣り糸の呼び名はここから来ていたことを調べて知った。

平成5年「空」

御製

外国の旅より帰る日の本の空赤くして富士の峯立つ

皇后陛下御歌

とつくにの旅いまし果て夕映(ゆふは)ゆるふるさとの空に向ひてかへる

6月9日、皇太子さま、雅子さま結婚の儀。

平成6年「波」

御製

波立たぬ世を願ひつつ新しき年の始めを迎へ祝はむ

皇后陛下御歌

波なぎしこの平(たひ)らぎの礎(いしずゑ)と君らしづもる若夏(うりずん)の島

2月、リレハンメル冬季オリンピック。
6月30日、村山連立内閣発足。

平成7年「歌」

御製

人々の過しし様を思ひつつ歌の調べの流るるを聞く

コナラの枝と天蚕のマユ

移り住む国の民とし老いたまふ君らが歌ふさくらさくらと

皇后陛下御歌

両陛下は平成6年の訪米の際、デンバーやロサンゼルスで日系人が多く住む地域を訪れ、日系1世らをねぎらわれた。平成9年にはブラジルで、やはり高齢の日系1世らを訪ねられた。

ブラジル移民のことをかいた石川達三の『蒼氓』は昭和10年に第1回芥川賞を受賞した。わたしは15歳のころ読んだが、詳しいことは覚えていない。「行けブラジルへ!」というポスターが津和野の町のあちこちにはられていた。何もわからぬ国に移住し、ほとんど不毛の土地を開墾して、今日まで生き抜いた人々が、さくら、さくらと歌うというのである。

1月17日、阪神・淡路大震災。

3月20日、地下鉄サリン事件。

平成8年「苗」

御製

山荒れし戦(いくさ)の後(のち)の年々(としどし)に苗木植ゑこし人のしのばる

皇后陛下御歌

日本列島田ごとの早苗そよぐらむ今日わが君も御田(みた)にいでます

農業は人間生活の基本なのだ。テレビなどで肥やしを汲むところを茶化しているのをみると、腹が立ってわらえない。山の木も、田植えも大切である。もう戦争はしないだろうが、いくら兵器を装備しても食料がなければ戦えない。しかも、日本は島国なのだ。前の戦争のとき、弾も食べものも底をついた。この年、英国では狂牛病（牛海綿状脳症）が問題になった。ちょうどそのころわたしはイギリスに行っていた。ステーキが安かった。

7月、アトランタ・オリンピック開会。

12月17日（現地時間）に、ペルーの首都リマで、テロリストによる在ペルー日本大使公邸襲撃、人質事件がおこった。翌年4月22日に軍と警察が突入して事件が解決するまで、4カ月以上かかった。

平成9年「姿」

御製

うち続く田は豊かなる緑にて実る稲穂の姿うれしき

皇后陛下御歌

生命(いのち)おび真闇(まやみ)に浮きて青かりしと地球の姿見し人還(かへ)る

宇宙の暗闇の中で働いた宇宙飛行士の若田光一さんがこの前年、平成8年1月に帰還した。

この御歌に、平成12年、宇宙飛行中の若田光一さんがスペースシャトルから地上に返歌を送っている。

ガガーリンが「地球は青かった」といっているのに、「青いはずがない」と

イチジク

声欄に投書した人があった。青くないといいきるためには、自分が宇宙に飛ばなくてはなるまい。その後、青く美しい地球の姿を写真で見た。先ほどの人は黙っているほかなかっただろう。

7月1日、香港返還。

8月31日、英国のダイアナ元妃、パリで交通事故死。わたしはパリのセーヌにそった高速道を走り、事故があったトンネルの中、「ここだ、と教えてくれ」と運転手さんにたのんだ。

歩み

平成10年「道」

御製

大学の来しかた示す展示見つつ国開けこし道を思ひぬ

皇后陛下御歌

移民きみら辿りきたりし遠き道にイペーの花はいくたび咲きし

沖縄市・中央パークアベニュー周辺のイペー並木に鮮やかな黄色の花が咲く。イペーはブラジル原産、落葉高木。ブラジルの国花にもなっている。2月、長野冬季オリンピック。プロデューサーをつとめた畏友萩元晴彦が、このオリンピック運営に格闘していた。カネがないとなにもやれないと言っていた。

5月、インド、パキスタンが競い合うようにして核実験をした。

11月、しし座流星群。調布飛行場へ行ってみた。流星を見ようとする若者がたくさん来ていた。この若者たちを見て、日本に希望がもてるような気がした。

12月、米英軍がイラクを空爆。

平成11年「青」

御製

公害に耐へ来しもみの青葉茂りさやけき空にいよよのびゆく

皇后陛下御歌

雪原(せつげん)にはた氷上にきはまりし青年の力愛(かな)しかりけり

この年、五輪招致における国際オリンピック委員会（ＩＯＣ）委員買収が大

リュウノウギク

きな問題となる。

平成12年「時」

御製

大いなる世界の動き始まりぬ父君のあと継ぎし時しも

皇后陛下御歌

癒(い)えし日を新生(しんせい)となし生くる友に時よ穏(おだ)しく流れゆけかし

西暦2000年代が始まった。
7月、沖縄と九州で主要国首脳会議（サミット）開催。

平成13年「草」

御製

父母の愛でましし花思ひつつ我妹と那須の草原を行く

皇后陛下御歌

この日より任務おびたる若き衛士の立てる御苑に新草萌ゆる

4月26日、小泉純一郎内閣がスタートした。平成25年になって、彼は原子力発電所に反対の意思をあきらかにしている。

平成14年「春」

御製

園児らとたいさんぼくを植ゑにけり地震ゆりし島の春ふかみつつ

皇后陛下御歌

光返すもの悉くひかりつつ早春の日こそ輝かしけれ

5月31日、日韓共催のＦＩＦＡワールドカップが開会。

平成15年「町」

御製

我が国の旅重ねきて思ふかな年経る毎に町はととのふ

皇后陛下御歌

ひと時の幸分かつがに人びとの佇むゆふべ町に花ふる

3月、米英軍が大量破壊兵器があるといってイラクに侵攻し、イラク戦争が始まった。のちに、大量破壊兵器は存在しなかったことがわかる。

11月29日、イラク北部で日本大使館の公用車が襲われ、日本の外交官らが殺害された。米英軍は12月、イラクのフセイン元大統領を拘束した。

ホタルブクロ

平成16年「幸」

御製

人々の幸願ひつつ国の内めぐりきたりて十五年経つ

皇后陛下御歌

幸くませ真幸くませと人びとの声渡りゆく御幸の町に

幸くませと、わたしたちは日の丸の旗を振る。聞いた話だが、両陛下は列車の窓際へ立ちっぱなしで、手を振るのを、おやめにならない。先に1対1億と書いたのはこのことである。

10月23日、新潟県中越地震が発生。

平成17年「歩み」

御製

戦（いくさ）なき世を歩みきて思ひ出づかの難（かた）き日を生きし人々

終戦60年。先の戦争のおり、筆舌に尽くしがたい思いをした人々のことをおもって詠われた歌。

皇后陛下御歌

風通ふあしたの小径（こみち）歩みゆく癒えざるも君清（すが）しくまして

ちくま文庫に『天皇百話』という一冊があり、その中に有名な徳川夢声の「夢声戦争日記」が収録されている。昭和20年8月15日、ポツダム宣言を受諾したことをつげる例の玉音放送をラジオ放送で聴く場面である。君が代が終わる。

「玉音が聴え始めた。

その第御一声を耳にした時の、肉体的感動。全身の細胞ことごとく震えた。

……朕（ちん）深ク世界ノ大勢ト帝国ノ現状トニ鑑（かんが）ミ非常ノ措置ヲ以テ時局ヲ収拾セムト欲シ……

……而モ尚交戦ヲ継続セムカ、終ニ我ガ民族ノ滅亡ヲ招来……

……然レドモ朕ハ時運ノ趨ク所堪ヘ難キヲ堪ヘ、忍ビ難キヲ忍ビ……

何という清らかな御声であるか。

有難さが毛筋の果まで滲み透る」

同じ『天皇百話』に、GHQ最高司令官ダグラス・マッカーサーの書いた「天皇との会見」(津島一夫訳)も収められている。

マッカーサーは昭和天皇を戦犯に問うのはよくないと考えていて、結局戦犯のリストからは外されていたのだが、最初に面会した際、天皇は少しもそのことを知っていなかった。

「天皇の口から出たのは、次のような言葉だった。『私は、国民が戦争遂行にあたって政治、軍事両面で行なったすべての決定と行動に対する全責任を負う者として、私自身をあなたの代表する諸国の裁決にゆだねるためおたずねした』

私は大きい感動にゆすぶられた。(略)

天皇は私が話合ったほとんど、どの日本人よりも民主的な考え方をしっかり身につけていた。天皇は日本の精神的復活に大きい役割を演じ、占領の成功は天皇の誠実な協力と影響力に負うところがきわめて大きかった」

イチリンソウ

昭和20年9月2日、米戦艦ミズーリ号上で、日本の降伏文書が正式に調印された。そして9月9日に、昭和天皇が長男明仁親王（今上天皇）に手紙をしたためた。

『天皇百話』から、その一部分の抜粋。

「敗因について一言いはしてくれ
我が国人が　あまりに皇国を信じ過ぎて　英米をあなどつたことである
我が軍人は　精神に重きをおきすぎて　科学を忘れたことである（略）
あたかも第一次世界大戦の独国の如く　軍人がバツコして大局を考へず　進むを知つて　退くことを知らなかつたからです」（「昭和二十年九月九日の陛下の手紙」橋本明）

わたしは、この手紙の中の「科学」という言葉に強くうたれる。冷静に、自他の実力と経緯の前後を考えねばならぬ。「カミカゼが吹く」というような天佑神助を簡単に信じるのは科学的な考察ではない。そしてわれわれのいまの天皇は、科学の信念をおもちであることを知って、信頼している。

これはほんの座興のため、小倉百人一首のパロディーとして、わたしがつくったものの一部。

歌かなし終戦の夜は歩哨にてわが衣手は露にぬれつつ

だからわたしは玉音放送を聴いていないが、村の明るさから、なにかの異常事態を察することができた。

小春日や乙女の色のひるがえり衣干すてふ天の香具山

街の乙女の衣類は、おおむね農家のもとへ流れ、田んぼでその虫干しをするのは「この家に適齢の娘あり」というデモンストレーションになっているように思えた。

平成18年「笑み」

御製

トロンハイムの運河を行けば家々の窓より人ら笑みて手を振る

トロンハイムはノルウェーの中ほどより少し南の港町。ノルウェーの海岸線は目を見張るほどのフィヨルドで、氷結さえしなければ複雑だが漁港が多いだろうにと地図を見て想像する。

両陛下は平成17年5月、ノルウェーとの国交樹立100周年を機会にこの地を訪ねられた。

笑み交(か)はしやがて涙のわきいづる復興なりし街を行きつつ

皇后陛下御歌

平成17年1月、両陛下は阪神・淡路大震災10年を迎えた神戸市を訪ねられた。

平成18年2月、トリノ冬季五輪。

春野に立たす日

平成19年「月」

御製

務め終へ歩み速めて帰るみち月の光は白く照らせり

皇后陛下御歌

年ごとに月の在(あ)りどを確かむる歳旦祭(さいたんさい)に君を送りて

歳旦祭というのは、年の初めに、宮中で五穀の豊穣(ほうじょう)、ひいては国民の幸せを天地の神に祈る祭祀。

7月16日、新潟県中越沖地震が発生。

平成20年「火」

御製

炬火台に火は燃え盛り彼方なる林は秋の色を帯び初む

皇后陛下御歌

灯火を振れば彼方の明かり共に揺れ旅行くひと日夜に入りゆく

この炬火台は、前年の秋田国体のことであろう。中国で炬火台を見たことがある。それは狼煙台でもあり、昔の緊急通信の手段であった。西部劇で見る、テキサスの山かげに炬火の煙があがるとき、それは戦いの合図らしかった。理由はわからないが「燃え盛る」という言葉が好きである。信号というより火祭りとおもえてくる。

灯火を振るのも、思いを託す意味があるような気がする。先に書いたが、対馬から釜山の灯が見えるという歌はせつない。

8月、北京オリンピック。
小倉百人一首のパロディーとしてわたしがつくった歌の中に「火」の文字があったので、またここに書いてしまう。

灯火管制の夜は死者の火の青く燃えもれ出づる月の影のさやけさ

ついでにもう一首。

輸送船宇品の沖に波高しかけじや袖のぬれもこそすれ

平成21年「生」

御製

生きものの織りなして生くる様(さま)見つつ皇居に住みて十五年経(へ)ぬ

両陛下は平成5年に現在の御所に移られた。

皇后陛下御歌

生命(いのち)あるもののかなしさ早春の光のなかに揺り蚊(ユスリカ)の舞ふ

ユスリカは、水中で育ち、さなぎから羽化し、いわゆるカバシラになっても み合うように交尾の祭りをするが、産卵すると、1、2日でその生命を終える。蚊に似ているため、子どものころ、ほうきを振ってこのカバシラに奮戦したことがあるが、あれは人間を刺す蚊ではないというから、ほうきを折ったことは無駄だったのかも知れない。

平成22年「光」

御製

木漏れ日の光を受けて落ち葉敷く小道の真中(まなか)草青みたり

ヒゴタイ

皇后陛下御歌

君とゆく道の果たての遠白(とほしろ)く夕暮れてなほ光あるらし

光といえば、これは歌会始ではないが、皇后美智子さまの次の御歌がある。

夕暮……平成7年

暮れてゆく園(その)のみどりに驚けばプルキンエ現象と教へ給へる

チェコスロバキアのJ・E・プルキンエという学者が指摘したもので、簡単に言うと、夕暮れには、網膜にとって高い感度をもたらす光の波長が鈍くなり、逆に短波長の光に対する感度がつよくなるために、夕暮れには緑の色が、思いがけずめだって見える。わたしは白い花が特に白く見えることをふしぎにおもっていたが、天皇陛下の解説によると、これはプルキンエ現象のしわざらしい。

6月、小惑星イトカワを探査していた「はやぶさ」が7年ぶりに地球に帰還した。

8月、チリの鉱山で落盤事故があって、33人の作業員が地下に閉じ込められた。食料などを地下に送って勇気づけ、2カ月以上たって全員が救出された。

平成23年「**葉**」

御製

五十年(いそとせ)の祝ひの年に共に蒔きし白樺の葉に暑き日の射す

皇后陛下御歌

おほかたの枯葉は枝に残りつつ今日まんさくの花ひとつ咲く

わたしの見たマンサクは黄色い花、春になると他の花に先駆けて咲くが、シナマンサクは枯れ葉を枝に残したまま花をつける。

3月11日、突如として東北地方などを大地震と大津波が襲った（のちに東日本大震災と名付けられた）。

平成24年「岸」

御製

津波来し時の岸辺は如何なりしと見下ろす海は青く静まる

皇后陛下御歌

帰り来るを立ちて待てるに季のなく岸とふ文字を歳時記に見ず

前年の大震災で被災した福島第一原子力発電所は、国難といっていいほどの打撃を受け、いまもなお放射能汚染に悩まされている。

平成25年「立」

ツリフネソウ

御製

万座毛（まんざもう）に昔をしのび巡り行けば彼方（あがた）恩納（おんな）岳さやに立ちたり

前年、沖縄県でひらかれた「全国豊かな海づくり大会」に行かれたときの歌、万座毛は沖縄県恩納村、そこの恩納岳は琉球の歌にも詠まれているという。私見だけれど、耳慣れぬ地名には、はじめはいぶかることもあるが、なれて見ると恩納岳、万座毛などといった固有名詞が、歌の中にきちんと位置をしめることの大きさが感じられる。

皇后陛下御歌

天地（あめつち）にきざし来たれるものありて君が春野に立たす日近し

前年2月、陛下は狭心症治療のため冠動脈バイパス手術を受けられた。その後、しばらくは胸に水のたまる症状が続いたが、皇后さまは、「春になるとよくおなりになります」という医師の言葉を信じて春をまたれた。

12月になって多くのことがあった。

福島第一原発の放射能に汚染された水の海への漏出。

特定秘密保護法の成立。

北朝鮮の粛清。

猪瀬都知事の退陣。

安倍総理大臣の靖国神社参拝。

平成26年1月20日付の朝日新聞（夕刊）に載った、上智大教授、島薗進のインタビュー「対立生む『国家神道』」を読んだ。

その末尾あたりに、

「ただ、国家神道という歴史的な背景がある靖国神社には、深い価値を見いだす人と、逆にそれによって非常に傷つけられる人がいて、強い対立を招く構造を含んでいる。『誰もがわだかまりなく追悼できる施設』ということで、近年は千鳥ケ淵戦没者墓苑を公的な追悼の場だと考える内外要人も目立ってきた」

とある。

この記事に、「靖国神社をめぐる動き」という年表が添えられていた。

1869年　戊辰戦争終結。前身の東京招魂社創建
1874年　明治天皇が初参拝

1877年　西南戦争。反政府軍の戦死者はまつられず
1879年　靖国神社に改称
1945年　終戦。GHQが国家神道を廃止する神道指令
1946年　国の管理を離れ、民間の宗教法人に
1969年　非宗教法人にして国家管理にする法案を自民党が国会に提出（廃案）
1975年　昭和天皇が最後の参拝
1978年　A級戦犯合祀（ごうし）
1985年　中曽根首相が終戦記念日に公式参拝
2001年　小泉首相が参拝。新しい戦没者追悼施設を検討する福田官房長官の私的懇談会設置
2013年　安倍首相が参拝

むかし「前線銃後」という言葉があった。銃後にいる国民は、国内でさえこんなに苦しいんだから、前線の兵隊さんはもっと苦しいだろう、「背も届かぬクリークに3日も浸かっていたとやら　10日も食べずにいたとやら」と歌い励

ムラサキシキブ

まし、みんながんばっていた。

事実はどうだったか、前線もむろん命がけだったが、銃後も同じだった。日清・日露の戦争と違って空襲というものがあったから、国のために命を捧げたのは、兵隊さんばかりではなく、日本人全員だったのだ。何しろ国民精神総動員というスローガンのもとでみんなが戦ったのだ。

わたしの知っているかぎりでは、スペイン内戦のおり、1937（昭和12）年4月26日、スペイン・バスク地方のゲルニカがフランコ将軍を支援するナチスによって空爆を受けた。空爆というものを知らない人たちは何がおこったのだろうと、みんな表にでて見ていたという。降ってきたのは（初めての都市無差別空爆といわれるところの）爆弾であった。ピカソは、同年のパリ万国博覧会スペイン館の壁画として、急遽ゲルニカをテーマにしてあの名画を完成させた。現在はマドリッドの「ソフィア王妃芸術センター」にある。

靖国に参拝することが、他の国を刺激し、あるいはわざわざ非難の口実を与えているように見える。この問題はやはり禍根となって残った。

ともしび

両陛下の『ともしび』(婦人画報社)という歌集がある(本の表記は「ともしひ」)。この中に、ハゼについての御製がある。

西表島　二首……昭和57年

南なる西表島(いりおもてじま)にとれしはぜくろおびはぜと名付け記しぬ

次々と新しきはぜ見出せる南の島のあしたを思ふ

陛下の研究テーマは主にハゼで、専門書を多く書かれている。私が装丁した著書(『天皇陛下　科学を語る』)にもハゼの論文が収録されている。それまで注意深く見たことはなかったのに、描いてみると、ハゼは実に美しいのである

（この言い方は本当はおかしい、自然の動植物は〝蛾でもゴキブリでも〟何でも美しい。そしてハゼはかわいくて美しい）。そのハゼの著書があるだけでなく、前に書いたように、リンネ協会で基調講演をなさるほどの学究であった。

　その基調講演の一部を紹介したい。

「米国艦隊の来航により、２００年以上続いた鎖国政策に終止符が打たれ、１８５４年日米和親条約が結ばれました。引き続いて、日本は各国と国交を開くようになりました。

　１８６７年、徳川慶喜（よしのぶ）が将軍職を辞し、明治天皇の下に新しい政府がつくられると、政府は留学生を外国に送り、外国人教師を招聘（しょうへい）し、人々は欧米の学問を懸命に学びました。この時、日本に招聘された外国人教師の貢献は誠に大きく、また、留学生もその後の日本の発展に様々に寄与しました。

　19世紀における日本人の学問上の業績としてあげられるのは、１８９６年の平瀬作五郎によるイチョウの精子の発見であります。平瀬作五郎は東京大学植物学教室に画工として勤め、後に助手となった人ですが、イチョウの精子が泳ぎ出すことを観察し、論文にして植物学雑誌に発表しました。この一月後、平瀬作五郎の研究に協力した東京大学農科大学助教授池野成一郎がソテツの精子

カラスウリ

発見を同じく植物学雑誌に報じています。シダ植物に精子があることは知られていましたが、裸子植物に精子があることが見出されたのは世界で初めてのことです。

　この発見は当初は信じられず、翌年の1897年アメリカで同じソテツ科のザミアで精子が見出されてからこの事実が信じられるようになりました。この業績により、二人は1912年、学士院恩賜賞を受けました。

　イチョウは中生代ジュラ紀に最も栄えましたが、その後中国だけに残った一目一科一属一種の、系統上独特の裸子植物です。古く中国から日本に移され、リンネによってケンペルの図を元に学名がつけられました。平瀬作五郎の研究したイチョウは今も東京大学の小石川植物園にあり、昨年小石川植物園を皇后と訪れ、当時の研究に思いをいたし、そのイチョウを見て来ました」

　このイチョウは、あまりにも有名な、記念樹となった。わたしもこの大樹を見に行った。

　西表島はイリオモテヤマネコで知られた沖縄県の島である。沖縄の首里城跡や今帰仁（なきじん）城跡など琉球王国のグスク及び関連遺産群は世界文化遺産に指定されている。

琉歌

この『ともしび』の中に、「琉歌」（昭和50〜51年）という章がある。これは陛下が詠まれた琉球の歌という意味らしい。

魂魄之塔

花よおしやげゆん 人知らぬ 魂
（ハナユウシャギユン フィトゥシラヌ タマシイ）
戦 ないらぬ世よ肝に願て
（イクサネ ラヌユ ユチムニ ニガティ）

摩文仁

ふさかいゆる木草めぐる 戦 跡
（フサケユル キクサミグル イクサアトゥ）
くり返し返し思ひかけて
（クリカイシガイシ ウムイカキティ）

沖縄愛楽園　二首

だんじよかれよしの歌声の 響（ダンジュカリユシヌウタグイヌ フィビチ）
見送る笑顔目にど残る（ミウクルワレガウミニドゥヌクル）

だんじよかれよしの歌や湧上がたん（ダンジュカリユシヌウタヤワチャガタン）
ゆうな咲きゆる島肝に残て（ユウナサチュルシマチムニヌクティ）

今帰仁城跡

今帰仁の 城 門の内入れば（ナチジンヌ グスィクジョオヌウチイリバ）
咲きやる 桜花紅に染めて（サチャル サクラバナビンニスミティ）

わたしは八重山で相聞歌の宴を見聞したことがある。夏の満月の夜であった。八重山の広場にそれはたくさんの人の輪ができていた。暗いから相手の顔は見えない、めいめいが、自由に沖縄の言葉で歌う。琉歌であろう。すると対面側の人の中から、その歌に歌を返す。

わたしには、それらの歌の意味はさっぱりわからなかったが、案内してくれ

小さいホオズキ

た人が、ある歌を指して、わたしの肩をつついた。「あの人は『本土復帰』の願いを歌っているのです」といった。

本土復帰

米軍に占領され、ドルが正式な通貨だった時代に、沖縄（奄美大島も）の人々は「本土復帰」を願った。つまり、「われわれは、日本人として暮らしたいのだ」ということである。

復帰前の沖縄から、全国高校野球選手権大会に出場し、負けて甲子園の砂を袋に入れていた彼らを思い出す。その子らは異国の土を持ち帰ってはいけないと、税関で没収された。税関の無情を説いても、それは税関員に対しては気のどくである。当時の沖縄は（法律の上では）本土ではなかったからだ。

その後、平成22年夏、沖縄の興南高校は、甲子園で東海大相模高校を13対1で破り、春夏連続の優勝を果たした。

わたしたちも、沖縄のさとうきび畑の歌を知っている（沖縄で見たからいうのだけれど、サトウキビは、稲のように毎年植えて毎年収穫するのではない。

刈り取っておくとまたもとの株から新しいキビが伸びてくる)。

そのサトウキビ畑を吹く風は、緑の波をうつほどに茂り、風にそよぎ、ざわわ、ざわわわと音を立てる。

むかし　海の向こうから戦(いくさ)がやってきた
あの日　鉄の雨にうたれ父は死んでいった

という歌声をきいた人は、その歌が何をいっているのかわかるにちがいない(「さとうきび畑」作詞・作曲=寺島尚彦、歌=ちあきなおみ、森山良子)。

むかし戦がやってきた、と言うほどに、戦争は遠い昔となった。

わたしは、「本土復帰」と「本土決戦」ということばを並べておもう。

沖縄も無論本土であった。

その沖縄に、海の向こうから戦がやってきた。たちまち沖縄は戦場となった。弾薬はもう尽き果てていた。制空権も制海権もなかった。むかしは非戦闘員は殺傷してはならぬという、世界の取り決めがあったはずだが、爆撃という戦法がはじまっては、そんな約束はすでに紙くずになっていた。

ベニバナ（ドライフラワー）

沖縄が戦っているとき、「本土決戦」というスローガンがあった。本土そのものを戦場にして戦おうというのだ。

だれも、表だって、ここらで白旗を掲げようといいだすものはなかった。

沖縄は、たとえば「ひめゆりの塔」(沖縄の女子学生らにより結成された看護部隊の鎮魂の碑)のように、あるいはもっと数知れぬ大きい犠牲をはらい、「全滅」した。

そういえばそのころ、「玉砕」というスローガンがあった。

そんなになるまで戦いをつづけさせたのはだれか。

それがだれであっても、死者は平等であるという人もある。祖国のために、命を捨てた人々に対し哀悼の意をあらわすのは当然ではないか、という考え方もある。

戦は、すべての論理まで破壊する。殺されもするが、殺しもした。あわれ、それが戦争というものだった。

皇后美智子さまのうたを記す。

五月十五日沖縄復帰す……昭和47年

黒潮の低きとよみに新世（しんせい）の島なりと告ぐ霧笛（むてき）鳴りしと

雨激しくそそぐ摩文仁（まぶに）の岡の辺（へ）に傷つきしものあまりに多く

この夜半（よは）を子らの眠りも運びつつデイゴ咲きつぐ島還（かへ）り来ぬ

みんなが願っていた沖縄が復帰した。この返還協定に、「密約」があったことを毎日新聞の西山太吉記者が問題にしたが、うやむやにされた。「特定秘密保護法案」が可決したとき、引き合いにだされている。

歌の大きさ

皇后美智子さまの御歌のスケールが大きい、と感じていた。その大きいものだけを集めて考えたいとおもい、いくつか並べているウチに終わりが近づいたので、とりあえず解説抜きでのせさせていただいた。

五島美代子師をいたみ……昭和53年

春盛れば「日本列島を北に北にと咲きゆく桜見たし」と
師の仰せられしことの懐かしく

み空より今ぞ見給へ欲(ほ)りましし日本列島に桜咲き継ぐ

ハギ

歌会始御題　川……昭和43年

赤色土（テラ・ロッシャ）つづける果ての愛（かな）しもよアマゾンは流れ同胞（はらから）の棲（す）む

ブラジル

歌会始御題　星……昭和44年

幾光年太古（たいこ）の光いまさして地球は春をととのふる大地

歌会始御題　子ども……昭和48年

さ庭べに夏むらくさの香りたち星やはらかに子の目におちぬ

行秋……昭和48年

過ぐる年オーストラリアの首都キャンベラにて

六月に霜を見しこと思ひいでて

異（こと）なれる半球にあれば行く秋と水無月（みなつき）の庭に早き霜おく

わたしも、オーストラリアのシドニーで、

「この国でも遅れ咲きということがあるのですか」

と聞いたら、

「ありますとも、5月にメイフラワーが咲くことがあるのです」

といわれた。

歌会始御題　桜……昭和55年

風ふけば幼(をさな)き吾子(わこ)を玉ゆらに明(あか)るくへだつ桜ふぶきは

桜吹雪が、舞台の紗のカーテンのようになって世界をわけたようにみえる。

加冠の儀

以下の長歌は皇后陛下御歌集『瀬音』の中にある、昭和55年の皇后美智子さまの御歌である。わたしは短歌と全くおなじように感動した。

二月二十三日浩宮の加冠の儀　とどこほりなく終りて

いのち得て　かの如月（きさらぎ）の　夕（ゆふべ）しも　この世に生（あ）れし
みどりごの　二十年（はたとせ）を経て　今ここに　初（うひ）に冠（かうぶ）る
浅黄（あさぎ）なる　童（わらは）の服に　童かむる　空頂黒幘（くうちやうこくさく）
そのかざし　解き放たれて　新（あら）たなる　黒き冠（かがふり）

エンプレスミチコ

頂に　しかとし置かれ　白き懸緒　かむりを降り
若き頬　伝ひつたひて　顎の下　堅く結ばれ
その白き　懸緒の余　音さやに　さやに絶たれぬ
はたとせを　過ぎし日となし　幼日を　過去とは為して
心ただに　清らに明かく　この日より　たどり歩まむ
御祖みな　歩み給ひし　真直なる　大きなる道
成年の　皇子とし生くる　この道に今し　立たす吾子　はや

反歌

音さやに懸緒截られし子の立てばはろけく遠しかの如月は

若い人に、ぜひ読んでもらいたいとおもい、僭越なことだが、詩のように改行を多くした（原文は右の通り）。1行ずつ読み、次の行に進むという具合にして、読んでみてもらいたい。

二月二十三日浩宮の加冠の儀とどこほりなく終りて

いのち得てかの如月の
夕しもこの世に生れし
みどりごの二十年を経て
今ここに初に冠る
浅黄なる童の服に
童かむる空頂黒幘
そのかざし解き放たれて
新たなる黒き冠
頂にしかとし置かれ
白き懸緒かむりを降り
若き頰伝ひつたひて

顎の下堅く結ばれ
その白き懸緒の余
音さやにさやに絶たれぬ
はたとせを過ぎし日となし
幼　日を過去とは為して
心ただに清らに明かく
この日よりたどり歩まむ
御祖みな歩み給ひし
真直なる大きなる道
成年の皇子とし生くる
この道に今し立たす吾子　はや

反歌

音さやに懸緒截られし子の立てばはろけく遠しかの如月は

文中の「空頂黒幘」は、『広辞苑　第六版』にはこうある。
「天皇・皇太子元服の時、加冠以前に着けるかぶりもの。有文の黒の羅で三山

椿の実

型に作り、一枚のもの、三枚を合わせたものの二種あり、前者は天皇、後者は皇太子が用いる。額にあてて紐で後ろに結ぶ。古代中国の遺習」

わたしは知らなかったが、冠をかぶり、あごにかけてみて余った紐は、音もさやに、切ってしまうのか。それは、子どもから大人になる道の途上に、必ずだれもが踏み切っていかなければならない、「おもい切り」かもしれない。

浩宮さまがまだとても幼かったころの御歌をおもいだす。

みづからの……昭和35年

吾命（あぎのち）を分け持つものと思ひ来し胎児みづからの摂取とふこと

歌会始御題　声……昭和41年

少年の声にものいふ子となりてほのかに土の香も持ちかへる

そのような幼子だったのに、とおもいかえすと、先の長歌が、ひとしお胸にせまる。

わたしは、子わかれのつらさについては全く知らなかった。結婚し目の前で別れていく子どもを送り出して、すこしわかったような気になったが、そのむかし親と別れてきた自分のことには、おもいいたらなかった。

そういえば息子が家を出るとき、玄関の床にトランクを引いたときの傷を残していった。ときどきおもいだして（いまやなつかしい）、その傷痕をさがすのだが、いまはあとかたもなく消えてしまっている。

わたしは竹田津実（たけたづ）の『キタキツネ』を漠然と読んでいた。あのキツネたちの一家が、昨日まであんなに親密な家族でいたものを、ある日突然、親が子どもをけったり、かみついたりして、とにかく慣れ親しんだ巣穴からおいだすのだった。子ギツネには、なぜ急に親がそんなことをするのか、わからない。人間の子だったらこんなにかなしいことはない。

でも自然はそうなっているのだ。

竹田津実の見解では、家の中にいてはならない他人がいるようにおもいはじめるときがくるのではないかという。

植物の世界もそうである。例えばオランダ苺はランナーの先に子が根付くまで栄養を送るが、しっかり根付くとランナーは枯れ、子が親に栄養を送ろうと思ってもできない。

人間の世界は情実が絡んでややこしくなるが、基本的には別れていくことが当然なのである。

元服の儀式は人間が考えた、生活の知恵かも知れない。

最後に、「はや」という短い文字が書かれている。それは長歌のきまりとしての特殊な意味があるのかもしれない。

しかし、わたしには独り言のように小さく消え入りそうに聞こえてくる。そして「教えの庭にも早やいくとせ」の「早や」をおもいうかべ、わたしの胸は一ぱいになる。

時のたつのは早い、子どもとばかりおもっていたのに、早くもすぎて子は成人の日を迎えた。

この日の母の気持ちは、自分が親になるまではわかるまい。子どもが成人になった日、親もまた成人になるのではあるまいか。

浩宮さまの加冠の儀は、祝福すべき儀式であった。

浩宮さまによらず、人生は別れを哀しんでいるだけではないことを、この長歌からまなぶことができるようにおもう。

もういちど書く。

冠をかぶった紐の余りは、音もさやに、おもいきって、裁ち切り、それをもって祝福と為す。

皇后美智子さまのうた　朝日文庫

2016年10月30日　第1刷発行
2025年3月20日　第3刷発行

著　者　安野光雅
協　力　宮内庁侍従職

発行者　市川裕一
発行所　朝日新聞出版
〒104-8011　東京都中央区築地5-3-2
電話　03-5541-8832(編集)
03-5540-7793(販売)
印刷製本　大日本印刷株式会社

Published in Japan by Asahi Shimbun Publications Inc.
定価はカバーに表示してあります

ISBN978-4-02-261879-5
落丁・乱丁の場合は弊社業務部(電話 03-5540-7800)へご連絡ください。
送料弊社負担にてお取り替えいたします。